俺は今日も好きなように生きてみる

三代目魚武濱田成夫

この本を俺と虎に捧げます

俺が、はじまる。
俺が動けば
俺が、はじまる

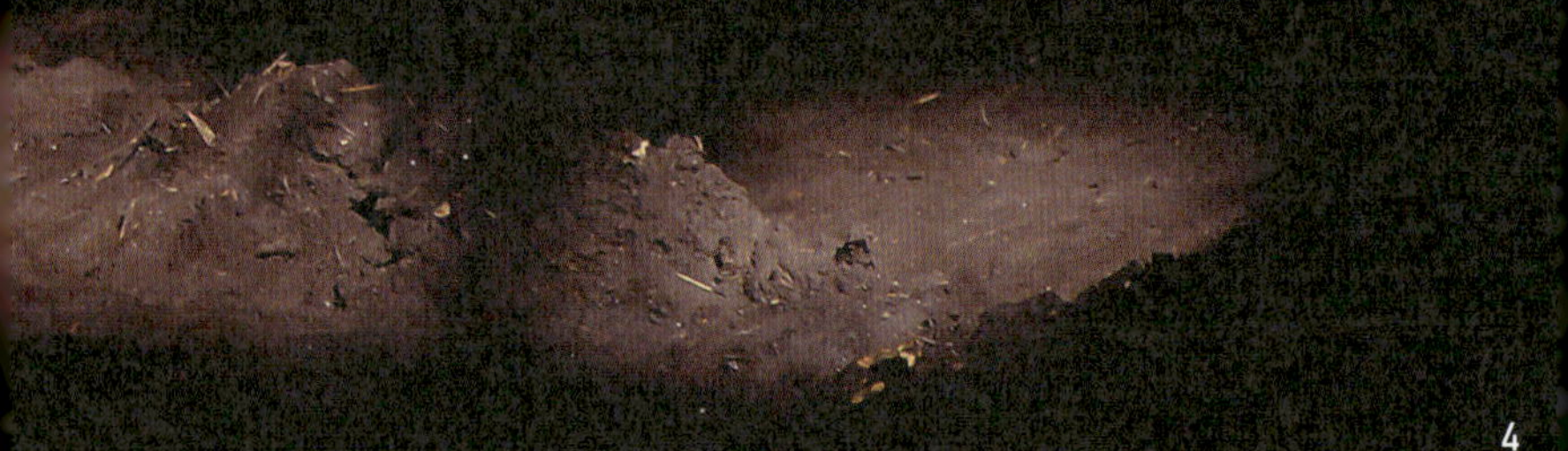

5　詩「俺が、はじまる」／詩集『一分後の 未来よ もうすぐ 俺が行くで 道あけとけ』学研

俺は俺から立ち退かない
ぜったいにな。

いつの日か
しあわせになりたい。とか
しょうらいは
しあわせになりたい。とか
いつか
しあわせをつかむ。とか
いつの日か、きっと
しあわせになるんだ。とか
なんで
そんな事思うねん？
なんで
そんな事言うねん？
なんで
そんなんやねん？

なんで
そんなんやのん？
なんで
そんなんなのでしょうか？
なんで
そんなんだったりしますの？
あんたな
大きな まちがいをおかしとるで
大きな 思いちがいをしてる。
あのな
それを言うならば
それを言うならばや
こう言うべきや。
「今日中に しあわせになったる。」

9　詩「それをいうならば、」／詩集『俺は俺の実物である事の誇りを持って生きている』G.B.

俺は、ききわけの悪い大人
もう子供じゃないのに
俺は、ききわけが悪い
大人なのに
俺は、ききわけが悪いんだ
他の大人は、もうみんな
ききわけが、よくなっちゃって
自分のしたい事や
したかった事を
とっくに、あきらめちゃってるけど
俺は今でも
何ひとつ　あきらめちゃいない
なぜだか　わかるかい?
俺はね、大人になるにつれ
いろんな奴等が俺の体に
くっつけようとした
あきらめる装置をね
俺は　こっそり
ぜんぶ川に
すてちゃったんだ
でも、これは秘密だぜ。

 詩「秘密だぜ」／詩集『こども用三代目魚武濱田成夫詩集 ZK』学研

 詩「本日も」／詩集『おまえがこの世に５人いたとしても５人ともこの俺様の女にしてみせる』角川文庫

世界が終わっても
気にすんな
俺の店はあいている

 詩「世界が終わっても」／詩集『君が前の彼氏としたキスの回数なんて俺が３日でぬいてやるぜ』角川文庫

誰かに
成らせてもらうより
自分で成ろうぜ
「幸せ者」

 詩「幸せ者」／詩集『一分後の 未来よ もうすぐ 俺が行くで 道あけとけ』／学研

チャンスなんて待つな!

 詩「待つな」/詩集『世界が終わっても気にすんな俺の店はあいている』角川文庫

夢を叶えることに、
スピード違反などない。

 詩「違反ではない。」／詩集『俺は俺の実物である事の誇りを持って生きている』G.B.

空から見たら

じつは　にんげんが空かもな

だったとしたら　もしそうだったとしたら

おれら にんげんも

できるだけ晴れていなくちゃな

空も毎日、にんげんが晴れるのを

楽しみにしているのかもしれないぜ

今日こそ晴れならいいのになあって

くもりなら　やだなあって

明日はどうかなあって

晴れればいいのになあって

空も、おれらが空にきたいするように

おれらに毎日きたいしてるのかもしれないぜ

だからほらやってみないか

一人一人が晴れれば

にんげんだって青空をつくれるはずだぜ

一人一人が晴れれば、にんげんだって

雲ひとつない青空をつくれるはずだ

やってみようぜ雲ひとつない

青空をつくってみようぜ

そしたら空は、きっとこう言うぜ

きっとこう言う

「やったあ！　今日は、ぜっこうのピクニックびよりだ‼」

 詩「空からみれば にんげんが空かもな」／詩集『一分後の 未来よ もうすぐ 俺が行くで 道あけとけ』学研

オレの　こころの身長は　オレの背よりも高いぜ
オレは　あの虹にだって
手では　さわれないけど
こころでなら　さわれる
オレは　あの雲にだって
こころでなら　さわれる
こころの身長は
大人だからって高いわけじゃないぜ
子供だからって低いわけじゃないぜ
こころの身長が高い奴は
こころで行動してる奴
誰だっていつか背の高さはとまるけど
こころの身長は
こころで行動しつづけてるかぎり
どんどんのびてゆく
それに　きっと
女のコたちも
こう思ってるはずだ
あたし背が高いだけの人より
あたしより　こころの身長が
高い人の方が好きよってね
だからオレ
もっともっと　のびてやるぜ　こころの身長

 詩「こころの身長」／詩集『こども用三代目魚武濱田成夫詩集 ZK』学研

“安心”という言葉には、
俺は、ぜんぜん興奮しない。

 詩「安心にはね。」／詩集『俺は俺の実物である事の誇りを持って生きている』G.B.

俺にとって
命の次に
大事なもんとは
5番目に
大事なもんという意味になるから
ギョーザ。

29　詩「命の次に大事なもん」／詩集『俺には地球が止まってみえるぜ』角川文庫

俺の体には
俺の花が咲いている
ちることのない
俺の花が咲いている
もっともっと咲かせる
この俺一人で花畑になってやる
この俺一人で花畑になってやる

詩「花畑」／詩集『一分後の 未来よ もうすぐ 俺が行くで 道あけとけ』学研

100獣の王ライオンというが
ずるいな　その中には
虎が入ってへんやんけ
つまり
101獣の王
それが虎や。

 詩「101 獣の王」　詩集『俺には地球が止まってみえるぜ』角川文庫

そのまま　いったれ　そのまま
そのまま　いったれ　そのまま
このクソガキの　そのままに
いつか　おまえも虎になれ

35 詩「おうよ。」※抜粋／詩集『俺には地球が止まってみえるぜ』角川文庫

夢をかなえる前に
やってみるという事を
かなえろ

 詩「やってみるをかなえる」／詩集『世界が終わっても気にすんな俺の店はあいている』角川文庫

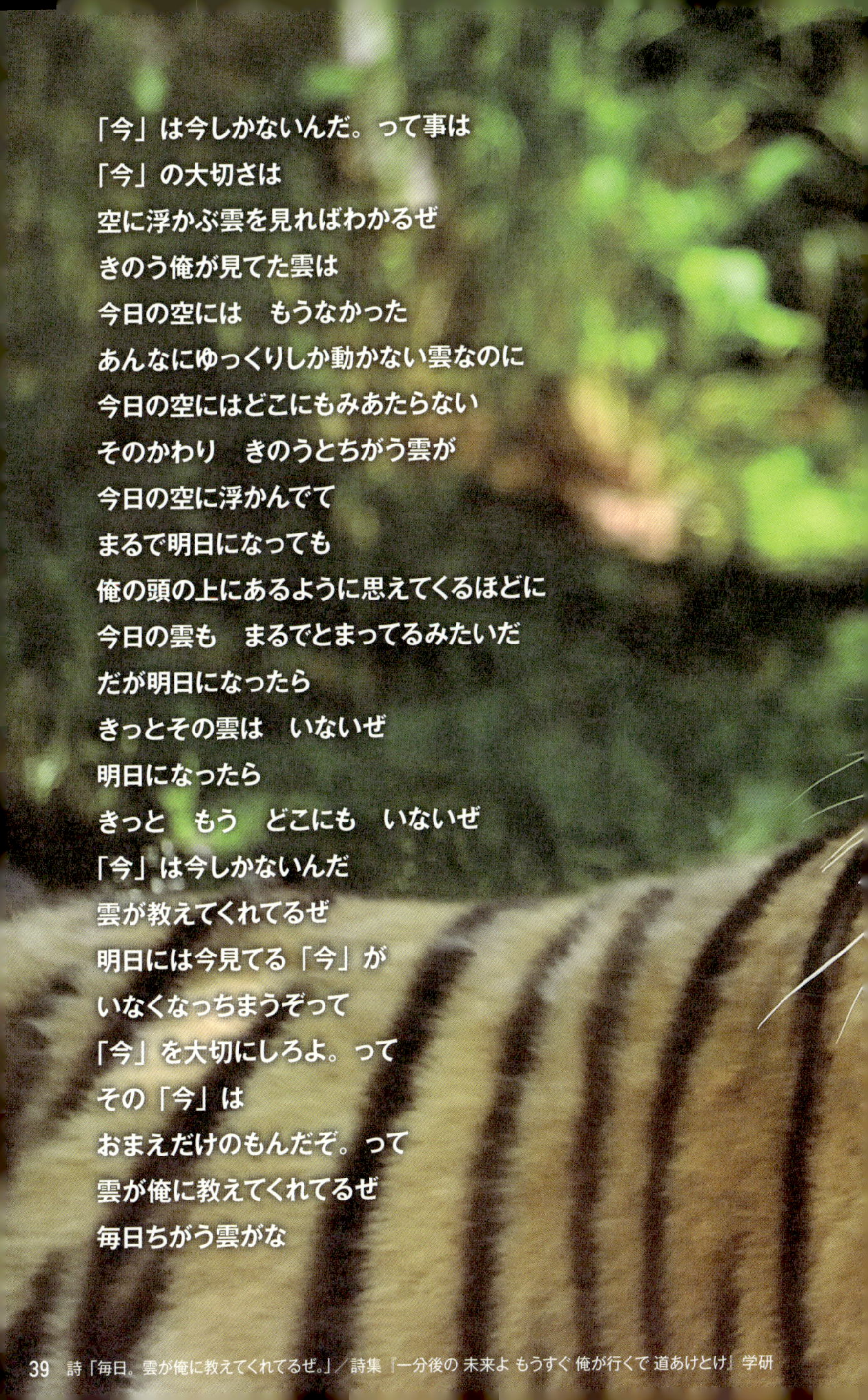

「今」は今しかないんだ。って事は
「今」の大切さは
空に浮かぶ雲を見ればわかるぜ
きのう俺が見てた雲は
今日の空には　もうなかった
あんなにゆっくりしか動かない雲なのに
今日の空にはどこにもみあたらない
そのかわり　きのうとちがう雲が
今日の空に浮かんでて
まるで明日になっても
俺の頭の上にあるように思えてくるほどに
今日の雲も　まるでとまってるみたいだ
だが明日になったら
きっとその雲は　いないぜ
明日になったら
きっと　もう　どこにも　いないぜ
「今」は今しかないんだ
雲が教えてくれてるぜ
明日には今見てる「今」が
いなくなっちまうぞって
「今」を大切にしろよ。って
その「今」は
おまえだけのもんだぞ。って
雲が俺に教えてくれてるぜ
毎日ちがう雲がな

 詩「毎日。雲が俺に教えてくれてるぜ。」／詩集『一分後の 未来よ もうすぐ 俺が行くで 道あけとけ』学研

こんな事いうと
笑われるかもしれないけれど
人間の体の中には
心は　ひとつだけじゃないと思うんだ
目の中にも心はあると思うんだ
だから美しいものを見ると
目がキラキラするんだと思う
手の中にも心はあると思うんだ
だから大切なものを
そっとさわったりできるんだと思う
足の中にも心はあると思うんだ
だから歩く事や走る事が
楽しいんだと思う
鼻の中にも心があると思うんだ
だから食べる事ができないのに
野に咲く花のにおいをかいでみたくなるんだと思う
耳の中にも心があると思うんだ
だから　ともだちの声を聞くと
うれしくなってワクワクするんだと思う
口の中にも心があると思うんだ
だからうれしい時は自然に
口笛を吹いたり歌を歌いたくなるんだと思う
だからもし全部の心に
ひとつひとつ勇気をこめれば
体中の心が力をあわせて
自分自身を勇気のかたまりに
することだってできると思うんだ
だから何もこわくないぜ。

 詩「だから何もこわくないぜ」／詩集『一分後の 未来よ もうすぐ 俺が行くで 道あけとけ』学研

必ず。という字をよく見てごらん

心という字に大切に何かをななめがけしているみたいだ。

必ず。というのは

自分の想いを

自分の心に　ななめがけすればいい

落とさないように

ぜったい　落とさないように

ぜったい　あきらめないように

心に　ななめがけすればいい

必ず。という字をよく見てごらん

心という字に

大切に何かをななめがけしているみたいだ。

それが、「必ず。」

それを、「必ず。」

だから、「必ず。」

そして、「必ず。」

必ず。それを、「必ず。」

詩「必ず。」※抜粋
CD『あんな大人になりたくない、と言ってた奴等が今ではあんな大人ちゃん』BAND 俺屋・LD&K

ただガキなりに　なんとなくだがこう思ってたんだ
ただガキなりに　なんとなくだがこう思ってた事だけは　たしかだ
一人で歩いてて
いきなり走りだす事は　カッコイイ
一人で歩いてて
いきなり走りだす事はカッコイイ
一人で歩いてて
いきなり走りだす事は死ぬほどカッコイイぜ

詩「ただガキなりに こう思ってた事だけは たしかだ」※抜粋
詩集『おまえがこの世に５人いたとしても５人ともこの俺様の女にしてみせる』角川文庫

たすうけつなんかで

決めなくていいもの

それは俺の今日

俺の今日を　どうするかは

俺が決めるもんだぜ

俺の今日は

俺が自由に決めていいものなんだ

どんなに偉い人がやってきて

他の事は全部　中止にできても

俺の今日だけは　中止にできない

なぜなら　それは

俺の今日だからだ

俺が決めた今日だからだ

俺の今日をどうするかを

決めていいのは

世界で　ただ一人俺だけ

それは俺の明日も同じだ

 詩「俺の今日」／詩集『こども用三代目魚武濱田成夫詩集 ZK』学研

俺様よ
茶飲むように
夢叶えろ

 詩「茶飲むように」／詩集『生きて百年ぐらいなら うぬぼれつづけて生きたるぜ』角川文庫

前衛芸術とは俺よりはるか後ろの方にある芸術の事である。

 語録『三代目魚武濱田成夫語録』幻冬舎文庫

時間がないだと?
わかってないな
おまえには時間はあるが
おまえには、おまえが無いのさ。

 詩「わかってないな」／詩集『俺は俺の実物である事の誇りを持って生きている』G.B.

誰かが
用意してくれた
くす玉わって
よろこんどるようじゃ
ダサイ

 詩「ダサイ」／詩集『生きて百年ぐらいなら うぬぼれつづけて生きたるぜ』角川文庫

カッコヨサは

自分で発明するもんだ

誰かのマネじゃ　いみがない

自分だけのカッコヨサを

自分で発明しよう

今までになかった

新しいカッコヨサを

自分で発明しよう

 詩「発明してやれ」※抜粋／詩集『こども用三代目魚武濱田成夫詩集 ZK』学研

ねえーおふろはいってないんでしょ

「肉眼ではな。」

女遊び激しいんでしょ?

「肉眼ではな。」

女にみつがせたりするんでしょう

「肉眼ではな。」

好きな事ばっかりして生きて

女泣かしてるでしょう

「肉眼ではな。」

むちゃばかりして

女に心配かけまくりでしょう?

「肉眼ではな。」

ニューヨークでろうやに入ってたんだって?

「肉眼ではな。」

ほっておくとどこにでもすぐ"俺"って書くらしいじゃないの?

「肉眼ではな。」

ねえー髪にねぐせついてるわよ

「肉眼ではな。」

あたし、あんたとホテルになんか

ぜったい行かないわよ

「肉眼ではな。」

 詩「肉眼ではな。」／詩集『君が前の彼氏としたキスの回数なんて俺が３日でぬいてやるぜ』角川文庫

俺様は約束してない事を守ったりする。

 詩「俺の魅力」／詩集『世界が終わっても気にすんな俺の店はあいている』角川文庫

俺の前に俺はない。
俺のうしろに俺だらけ

俺様は
負けずギライの奴に
ボロガチすんのが
大好き

 詩「負けずギライの奴へ」／詩集『生きて百年ぐらいなら うぬぼれつづけて生きたるぜ』角川文庫

俺には路上がリゾート

 詩「リゾート」／詩集『俺は俺の実物である事の誇りを持って生きている』G.B.

変な話やが
おい　そこの女
お前からも俺
いっぺん生まれてみたいぞ
そしたら
どんなんかな

 詩「生まれてみたい」／詩集『生きて百年ぐらいなら うぬぼれつづけて生きたるぜ』角川文庫

さて、どない生きたろか。

 詩「さて」／詩集『君が前の彼氏としたキスの回数なんて俺が３日でぬいてやるぜ』角川文庫

今日も
太陽が
この俺が何をしてるかを
見たくって
わざわざそのために
空にのぼってるぜ

 詩「わざわざそのために」／詩集『一分後の 未来よ もうすぐ 俺が行くで 道あけとけ』学研

生きるということは

命の演奏だ

ジャカジャーン

じぶんにしかだせない音色で

すごい人生にしよう

空も　きいてるぜ

虎も　きいてるぜ

山も　きいてるぜ

あのこも　きいてるぜ

海も　きいてるぜ

うんちも　きいてるぜ

象も　きいてるぜ

友だちも　きいてるぜ

世界に　ひとつしかない　命だから

世界に　ひとつしかない　演奏をしてやろうぜ

一生は一曲だ

命ならしまくれ

一生は一曲だ

すげえ曲をめざせ

そして　しぬときが

演奏をおえるとき

すげえ曲になってたら最高！

 詩「命の演奏のお話」／絵本『三代目魚武濱田成夫の絵本』角川文庫

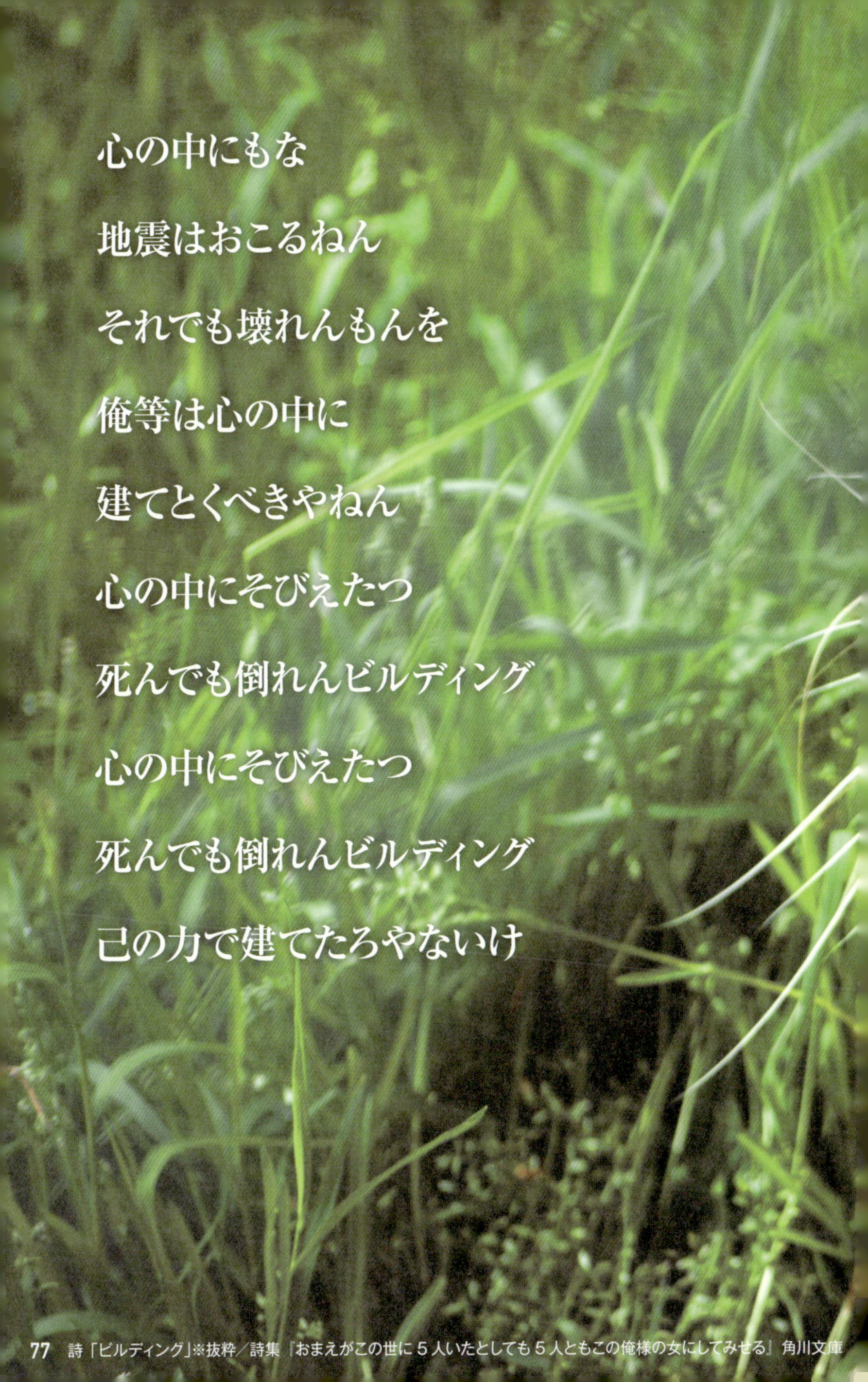

心の中にもな
地震はおこるねん
それでも壊れんもんを
俺等は心の中に
建てとくべきやねん
心の中にそびえたつ
死んでも倒れんビルディング
心の中にそびえたつ
死んでも倒れんビルディング
己の力で建てたろやないけ

 詩「ビルディング」※抜粋／詩集『おまえがこの世に５人いたとしても５人ともこの俺様の女にしてみせる』角川文庫

天に唾しても
俺の唾は落ちてこない
俺の顔にかかることもない
なんでかわかるか
俺の唾はな
ちゃんと天にかかっとんのじゃ。

 詩「俺《おれ》の唾《つば》」／詩集『俺様は約束してない事を守ったりする。』角川文庫

ぜんぶ
ぬがなくてもできるし
ぜんぶ
ぬがさなくてもできる
ようは
いそいで
したいと
おもってるかどうかだ

 詩「ぬがなくてもできる」／詩集『君が前の彼氏としたキスの回数なんて俺が３日でぬいてやるぜ』角川文庫

ヘタレとは
己の中にある
不安と恐怖の
子分になりさがった奴の事だ
子分になるな
親分になれ

 詩「親分になれ」／詩集『生きて百年ぐらいなら うぬぼれつづけて生きたるぜ』角川文庫

俺のは叫びやない
あくびやあくび
カッコエエやろ

俺ってええあくびするなあ。
せやから俺
俺が好きやねん

詩「俺が好き」／詩集『世界が終わっても気にすんな俺の店はあいている』角川文庫

せっかく生きている
人生を
広く使え

 詩「せっかく生きている」／詩集『俺は俺の実物である事の誇りを持って生きている』G.B.

ミッキーマウスのようにや
シルエットだけでもわかるような
そんな存在になれ

風になる方法は
誰かにきいても
教えてくれへんで
見ておぼえるんや
風を見て
そっから感じとる
それしかない
俺も
見ておぼえたんや

 詩「見ておぼえる」／詩集『世界が終わっても気にすんな俺の店はあいている』角川文庫

一流は
己の不安と
ワルツを
踊る

 詩「一流」／詩集『生きて百年ぐらいなら うぬぼれつづけて生きたるぜ』角川文庫

背景に火山くれ

97　詩「背景」／詩集『生きて百年ぐらいなら うぬぼれつづけて生きたるぜ』角川文庫

不安になる事は　ないのかと
どっかの誰かが聞いてくる
そして俺は　こう答える
不安になる事は全くない
そしたら　そいつら　それはホントかと
これまた不安になりやがった
「なんなら不安とワルツも踊れるぜ」

詩「そしたら そいつら それはホントかと これまた不安になりやがった」
詩集『生きて百年ぐらいなら うぬぼれつづけて生きたるぜ』角川文庫

夢を持っても

いつだって両手は　自由だ

いつだって両手は　あいてるよな

その両手は

君が夢を実現するために必要だから

あいているんだぜ

詩「夢ならいくつ持っても両手はあいてるぜ」※抜粋／詩集「こども用三代目魚武濱田成夫詩集 ZK」学研

容赦するな。

夢を持つ時に、

 詩「夢を持つ時に」／詩集『俺は俺の実物である事の誇りを持って生きている』G.B.

風の中にも虎はおるねん
雲の中にも花は咲いとる

詩「虎と花」／詩集『おまえがこの世に５人いたとしても５人ともこの俺様の女にしてみせる』角川文庫

生きていく上で人間に必要なものは
努力じゃねえぞロックだ。

詩「俺も何かをやってみようと思う」※抜粋
CD『生きていく上で人間に必要なものは努力じゃねえぞロックだ』BAND 俺屋・LD&K

好きなものを好きなままで生きていこう
好きなものを好きなままで死んでいこう

詩「俺も何かをやってみようと思う」※抜粋
CD『生きていく上で人間に必要なものは努力じゃねえぞロックだ』BAND 俺屋・LD&K

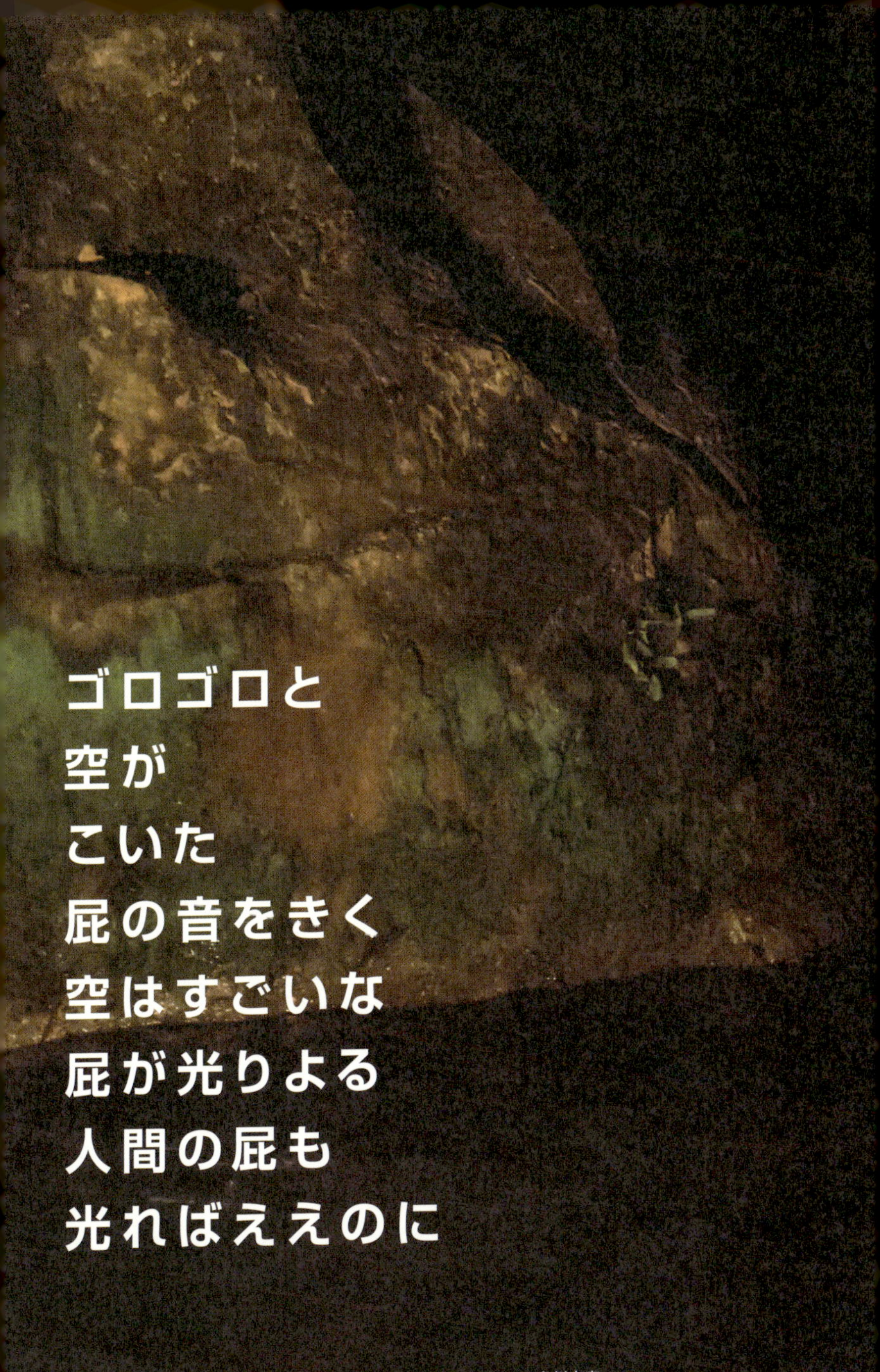

ゴロゴロと
空が
こいた
屁の音をきく
空はすごいな
屁が光りよる
人間の屁も
光ればええのに

 詩「雷」／詩集『世界が終わっても気にすんな俺の店はあいている』角川文庫

自分探しの旅に出たい。と平気で言ってる人達は
ああ、その前に元々自分に自分なんてあったのか？と
考える事もなく自分以外から探そうとしている

詩「本当の少年を見たことがあるのだろうか」※抜粋
CD『あんな大人になりたくない。と言ってた奴等が今ではあんな大人ちゃん』BAND 俺屋・LD&K

いつまでも少年の心を持ってる人が素晴らしいと言う人達は
本当の少年を見たことがあるのだろうか
公園で吐くまで一人で笑いながら
シーソーに乗り続けている
本当のガキのカッコ良さを判っているのか？

詩「本当の少年を見たことがあるのだろうか」※抜粋
CD『あんな大人になりたくない。と言ってた奴等が今ではあんな大人ちゃん』BAND 俺屋・LD&K

好きなように生きてるこの俺は
果して不幸になれば
後悔するのだろうか？
違うな例え不幸になろうとも
シーソーの上でゲロを吐いた時と同じで
笑いながら自分をカッコイイと思えるだろうね

詩「本当の少年を見たことがあるのだろうか」※抜粋
CD『あんな大人になりたくない。と言ってた奴等が今ではあんな大人ちゃん』BAND 俺屋・LD&K

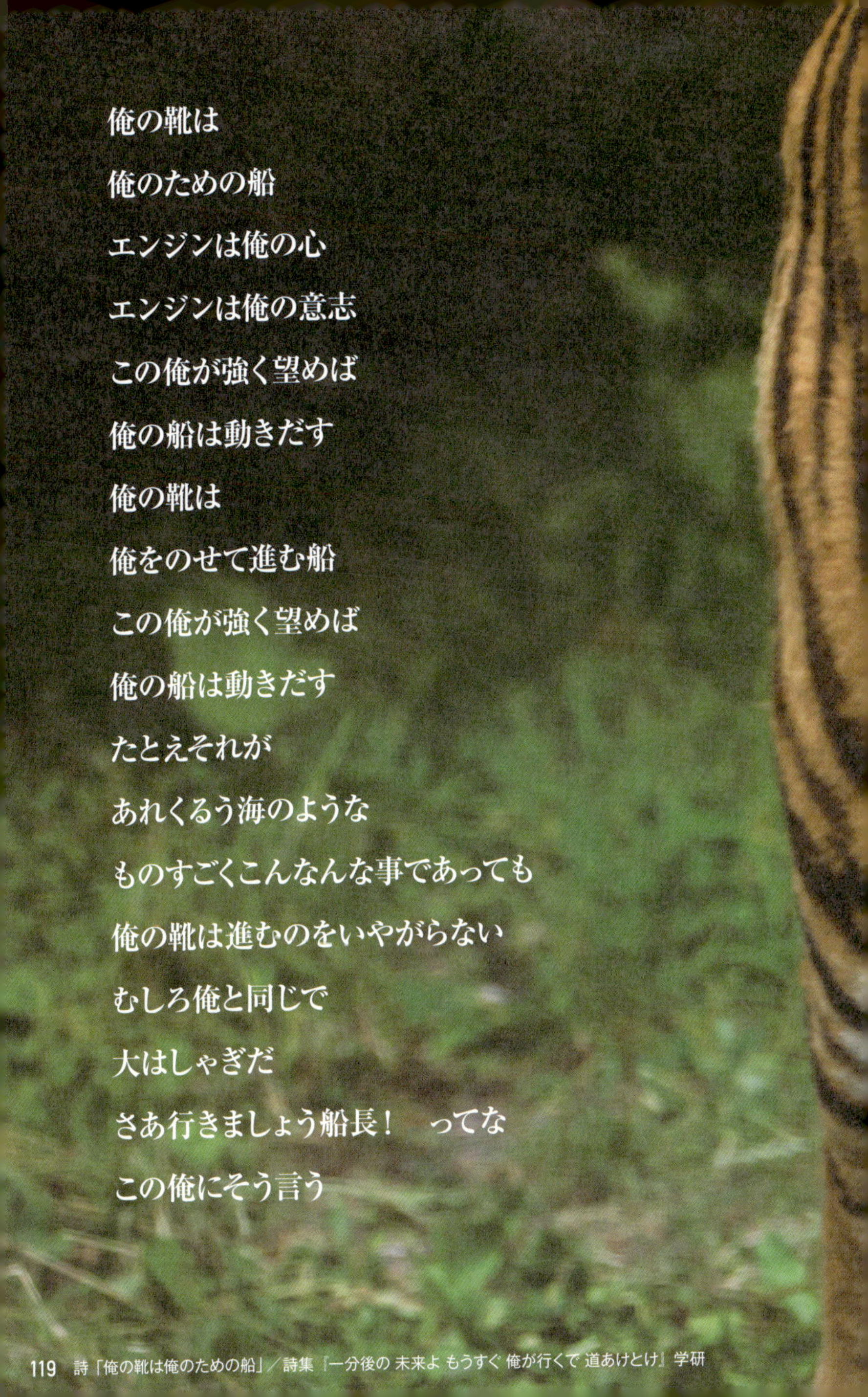

俺の靴は
俺のための船
エンジンは俺の心
エンジンは俺の意志
この俺が強く望めば
俺の船は動きだす
俺の靴は
俺をのせて進む船
この俺が強く望めば
俺の船は動きだす
たとえそれが
あれくるう海のような
ものすごくこんなんな事であっても
俺の靴は進むのをいやがらない
むしろ俺と同じで
大はしゃぎだ
さあ行きましょう船長！　ってな
この俺にそう言う

ガキの頃に美術の
学校で　おそわったことを
いまだに　この俺は忘れちゃいないぜ
きれいと美しいは
ぜんぜんちがうんだということを
いまだに　この俺は忘れてないつもりだぜ

 詩「凛」※抜粋／詩集『おまえがこの世に５人いたとしても５人ともこの俺様の女にしてみせる』角川文庫

誰かが言うだろう　いつまでアルバイトするつもり
誰かが言うだろう　早く大人になりなさい
誰かが言うだろう　昔は僕も夢あった
誰かが言うだろう　昔は　あたしも夢あった

阪神尼崎駅の南口のロータリーのところに
夜の8時になれば埋め立て地へ向かう送迎バスがとまってる
菓子パンのサンメルシーに、かじりつきながら
俺は、よろこんで　そのバスにのりこませてもらうぜ
アルバイトの季節が　そうして過ぎて行くが
そんな話きいても
ぜったい夢しばく

詩「アルバイト」※抜粋／CD『歌・三代目魚武濱田成夫』PONY CANYON

たとえば俺には　叶わなかったら　それはそれ
たとえば俺には　叶わなかったら　それはそれ
それより　ヘタレになる事のほうが死に近い
それより　ヘタレになる事のほうが死に近い

 詩「アルバイト」※抜粋／CD『歌・三代目魚武濱田成夫』PONY CANYON

俺様よ闘いなさい。終わるまで

 詩「闘いなさい」／詩集『生きて百年ぐらいなら うぬぼれつづけて生きたるぜ』角川文庫

トロフィーのなり方はな
まず自分の人生の上に
誰がなんと言おうが
自由に立つ
そして誰に白い目でみられようが
好きなポーズをとる
あとはそれで自分が
輝いてさえおれば
立派にトロフィーや
たとえそれが
ケツだしとるポーズでもな

詩「トロフィーのなり方」／詩集『俺様は約束してない事を守ったりする。』角川文庫

もしも“自由”と“片想い”であったとしてもだ
こっちは死ぬまで自由を愛せ。

 詩「もし片想いでもな。」／詩集『俺は俺の実物である事の誇りを持って生きている』G.B.

人生。
あなたは　まるで
この俺様の子分。

 詩「人生」／詩集『おまえがこの世に５人いたとしても５人ともこの俺様の女にしてみせる』角川文庫

人間はな　運命にいたずらされる事もあるが
逆に運命にいたずらする事もできるねんで
俺はそれを
よくやる。

詩「運命にいたずら」※抜粋／詩集『君が前の彼氏としたキスの回数なんて俺が３日でぬいてやるぜ』角川文庫

青春は一度きり
それ以外も一度きり

 詩「一度きり」／詩集『俺は俺の実物である事の誇りを持って生きている』G.B.

吹き荒れとる
風を
右足で踏んづけ
俺は上から見下ろした
風が俺の足の下で
じたばたしとる
こういう時にこそ
男はな
ウインクするべきやねん

 詩「風を踏む」／詩集『俺様は約束してない事を守ったりする。』角川文庫

鳥って　ええのう
空から自由に糞おとせる。

 詩「鳥」／詩集『俺には地球が止まってみえるぜ』角川文庫

俺はうとうとしながら
こんな事おもった
このままねむった場合
生きとるから
これは俺が　ねむっとるになるわけで
生きてなかったら
これは俺が　死んどるになるわけか
おもろいな
ますます
うとうとしてきた
手もぬくいわ

 詩「俺うとうとする」／詩集『俺様は約束してない事を守ったりする。』角川文庫

心臓という名の冗談に愛をこめて
俺は今日も
好きなように生きてみる

心臓という名の冗談に愛をこめて
俺は今日も
暴れるように自惚れる

心臓という名の冗談が今日も動いとる
心臓という名の冗談が今日も動いとる
心臓という名の冗談が今日も動いとる

心臓という名の冗談が
動いとるかぎり
俺は今日も
好きなように生きてみる

 詩「好きなように生きてみる」／詩集『生きて百年ぐらいなら うぬぼれつづけて生きたるぜ』角川文庫

安定するのは退屈で退屈なのは安定で

安定するのは退屈で退屈なのは安定で

上見ても

下見ても

右見ても

左を見てても

「前ないぜ。」

当たり前は退屈で退屈なのは当たり前

当たり前は退屈で退屈なのは当たり前

上見ても

下見ても

右見ても

左を見てても

「前ないぜ。」

 詩「SAYONARA」※抜粋／CD『生きていく上で人間に必要なものは努力じゃねえぞロックだ』BAND 俺屋・LD&K

わくわくしたければ
一歩ではなく
7歩ほど前へ

 詩「7歩ほど前へ」／詩集『俺は俺の実物である事の誇りを持って生きている』G.B.

誰とも、ちがう道を行く
誰とも、ちがう旅に出る
誰とも、ちがう生き方
馬鹿にされたって
かまわないさ

きみとも、ちがう道を行く
きみとも、ちがう旅に出る
きみとも、ちがう生き方
わざとらしくても
かまわないぜ

命は鳴るぜ
命が鳴るぜ
命は鳴るぜ

馬鹿にされても
笑われても
屁でもない

何があっても
何が起きても
覚悟あり

命が鳴るぜ
命は鳴るぜ
命が鳴るぜ
「命は鳴るぜえ。」

詩「ちがう道を行く」※抜粋
CD『生きていく上で人間に必要なものは努力じゃねえぞロックだ』BAND 俺屋・LD&K

何も失うものがないから
好き勝手に生きれるのではなく
失うものはあっても
好き勝手に生きる
それでこそ自由。
それでこそ　俺

 詩「それでこそ自由。それでこそ 俺」／詩集『俺の靴は船になった』双葉社

野を越え、山越え、谷越え、僕越えて、俺。

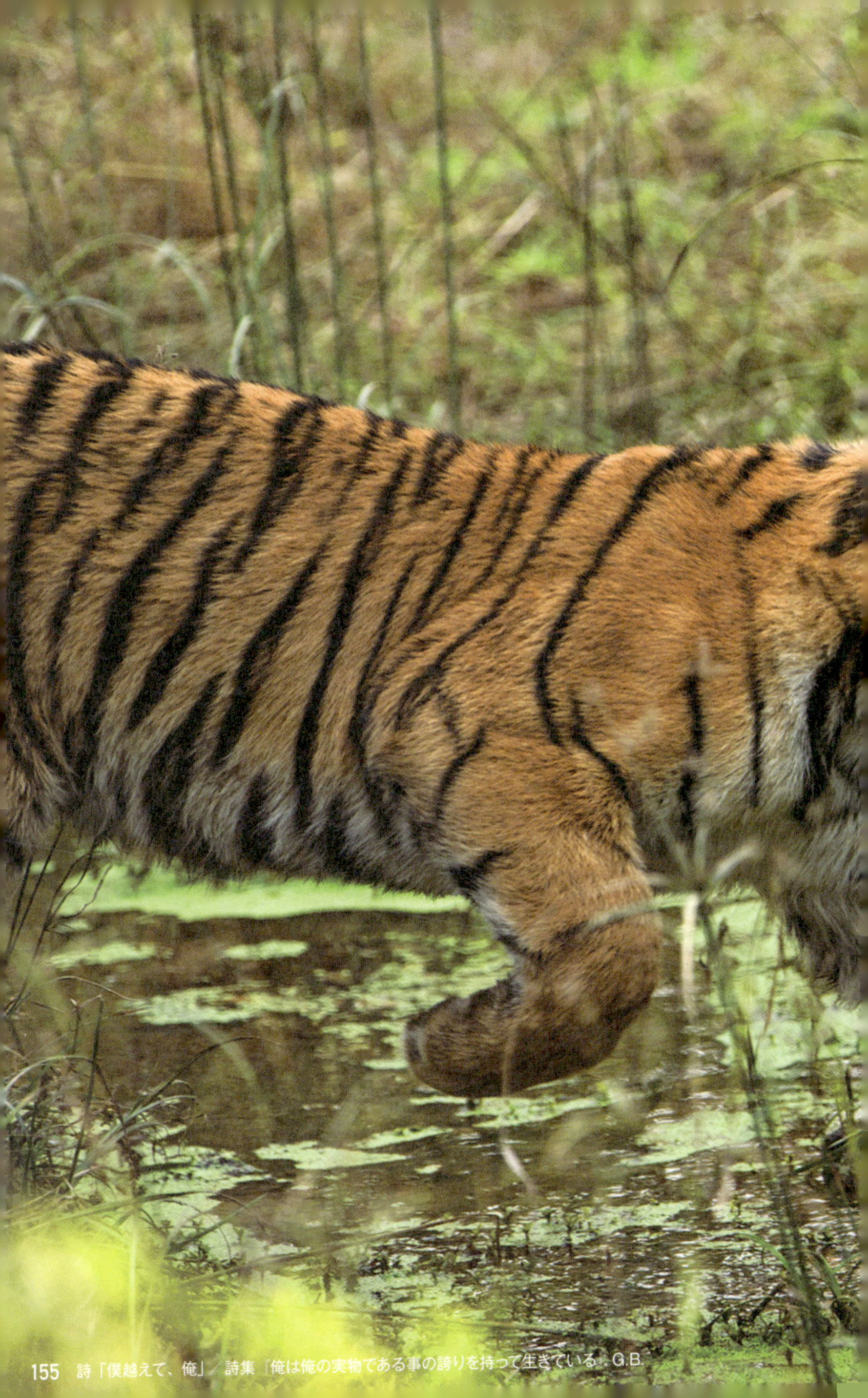

155 詩「僕越えて、俺」／詩集『俺は俺の実物である事の誇りを持って生きている』G.B.

俺が見てるのは空よりも広い空
俺が見てるのは海よりも広い海
俺が見てるのは
20色の虹
いつだって俺は
俺だけが見れるものをもってる
俺だけに見えるものをもってる
俺が見てるのは
7色じゃないぜ
20色の虹

 詩「俺が見てるのは」／詩集『一分後の 未来よ もうすぐ 俺が行くで 道あけとけ』学研

ゴジラの尻尾の動きを参考にして生きろ。

 語録『三代目魚武濱田成夫語録』幻冬舎文庫

誰だって自分の一番望む景色を
一番前でみることができるんだ
自分がほんとに望めばね
大好きなものを一番前でみることができる
だって誰かがかならずそこにすわるのさ
それは君であっても
ぜんぜんかまわないはずさ
うしろでみてることはないぜ
さあがんばってごらんよ
一番前でみれるかもしれないぜ
望んでごらん
うしろにいることはない
心から望んでごらん
自然にすべてが動くぜ
ようは一番前でみたいって気持が
誰よりも勝ってればいいだけ

神様はそれをみてる
技術やキャリアじゃないのさ
努力や根性でもないしね
純粋に望めばいいだけ
一番前でみれるほうがいいにきまってるだろう
だったら望んでごらん
すべてはそこから始まる
自然にすべてが動くぜ
君の体もね
心配しなくていい
自然に自分も動いてるぜ
そして気がついたら
君の望んだ景色を
みることができてる
そして言えばいい
サンキュー　神さま　あんがとよ

特別な時に
俺は頭の中で
音楽を鳴らす
俺の好きな曲を
頭の中で
ひとつかけるんだ
そうさほんとに特別な時だけ
頭の中で
俺は音楽を鳴らす

 詩「特別な時」／詩集『世界が終わっても気にすんな俺の店はあいている』角川文庫

キングギドラは
弱音を吐かん
光線を吐く

詩「光線」／詩集『おまえがこの世に5人いたとしても5人ともこの俺様の女にしてみせる』角川文庫

俺は大自然なんかより俺のほうが偉大だと思っています。

だから、もし、仮にですが、

大自然の偉大さに比べたら人間なんて

ちっぽけな存在だなんてことに

たとえ、もし、たまたま気づいたとしても

先に言っておきますが、

俺は、ぜったい知らんふりをします。

俺は、ぜったい知らんふりをするでしょう。

わるいけど俺は、

死ぬまで気づいてないふりをしつづけるでしょう。

なぜなら

そのほうが、

一生しらけずに、俺は機嫌良く、

とことん大それた事を、

いろいろと、

やらかせるはずだ。と思うからだよ。

詩「たとえ気づいたとしても俺は知らんふりします。」／詩集「俺は俺の実物である事の誇りを持って生きている」G.B.

たった一度の　この人生
俺には俺の息の吸い方がある

 詩「息。」／詩集『生きて百年ぐらいなら うぬぼれつづけて生きたるぜ』角川文庫

打ったら走れ男も女も。

 語録『二代目魚武濱田成夫語録』幻冬舎文庫

たとえ何が　あったってな
自分の　まん中だけは変わらずにいよう
まん中さえ変わらずにいたら
何度でも戦う事ができるぜ
まん中さえ変わらずにいたら
ほんとうに喜ぶ事だってできるぜ
自分の　まん中さえ変わらずにいたら
どんな時だって
ぜったい　だいじょうぶだ
誰になんと言われようとも
自分の　まん中は変えるな
変える必要は　ない
ぜったい
まん中を大切に

 詩「自分の まん中は変えるな」／詩集『俺様は約束してない事を守ったりする。』角川文庫

どんな奴でも
最初から強いわけじゃない
ドラゴンクエストやった事あるだろう
あれと同じだよ
最初はスライムにも
一発でやられる
次に戦った時もやっぱり勝てない
だけど経験値、体力、攻撃力、すばやさ、防御力
少しずつでも上がってきてる
そして
一発でたおせるようになる
逃げてちゃだめなんだ
しってるだろう
戦わなきゃ
経験値はつかない
体力もアップしない
攻撃力もアップしない
防御力もアップしない
すばやさもアップしない
そのうちスライムなんて
戦うのもめんどくさくなっただろう
一発でたおせるし
それに金にもならねえからな
そして　おもうのさ
はじめた頃は勝てなかったのが
信じられないぜ
だって今戦ってる怪物にくらべたら

スライムなんて死ぬほど弱かったじゃねえかってな
しってるだろ
戦っていれば
そのうち魔法だってつかえるようになるんだぜ
しってるだろ
戦っていれば
そのうち魔法だってつかえるようになるんだ
あれとおんなじだぜ
さあ外に出るんだ
ぶったおせ
スライムだぜ
びびって逃げるな
スライムだぜ
オマエが今
びびってるのは
スライムだ
オマエは
弱かねえ
きっと
勝てるさ
今こそ
見せてやれ
やり方は
しってるだろう
あれとおんなじことだよ
一週間で終わらせろ。

 詩「一週間で終わらせろ」／詩集『駅の名前を全部言えるようなガキにだけは死んでもなりたくない』角川文庫

この俺の
楽しみは
見境なく
夢を叶《かな》える事だ
見境なく
すべてだ

 詩「見境《みさかい》なく」／詩集『俺様は約束してない事を守ったりする。』角川文庫

改札口に入る時よりも
改札口を
出る時の方が
俺は好きや
さあ　いてこましたるでと
思えるからな

 詩「さあ いてこましたるで」／詩集『俺様は約束してない事を守ったりする。』角川文庫

忘れるな
この世に生まれてきたこと自体が
既にチャンスだ。

 詩「忘れるな。(待つな 2)」／詩集『俺は俺の実物である事の誇りを持って生きている』G.B.

しばくどカスと君は言うけれど
私のほうこそ
ワレ家どこじゃ　こら　と言いたい気分
だけど言わないわけは
でももしそれでもビビられずに
どこどこじゃ　こら　とドスのきいた声で
言い返されたら
ワレ家までいったろか　こらぁ
家火つけたろか　こらぁ
とまで言わなければならなくなるから
だから　私は言わないのだよ
ベイビー　日本語ってむつかしいねー

それをやっていったいなんになるんだと君は言うけれど
私のほうこそ
なんでオマエは何もしようとしないんだいと言いたい気分
だけど言わないわけは
でももしそれでもいばりながら
こうこうこうだから何もしないんだと
まじめな顔して理屈こねられたら
ワレ家までいったろか　こらぁ
家火つけたろか　こらぁ
とまで言わなければならなくなるから
だから私は言わないのだよ
ベイビー　阿呆《あほ》はなんぎだねー

なんのためにやるのか説明してみろと君は言うけれど
私のほうこそ
そこまで考えとるかいやと言いたい気分
だけど言わないわけは
でももしそんなこと言ったがために
やっても無駄だよ　こうこうこうだもんなんて何もやれない奴《やつ》に
やいやい言われたら
ワレやったんか　こらぁ
やったことないくせに言うな　こらぁ
しばきあげんぞ　こらぁ
ボコボコにいてまうぞ　こら
とまでつい言ってしまうかもしれないから
だから　私は言わないのだよ
ベイビー　君の家はどこだい？

 詩「君の家はどこだい」／詩集『駅の名前を全部言えるようなガキにだけは死んでもなりたくない』角川文庫

俺は俺の実物である事の誇りを持って生きている。

 詩「実物」／詩集『君が前の彼氏としたキスの回数なんて俺が３日でぬいてやるぜ』角川文庫

君も君の実物である事の誇りを持って生きろ。

 詩「君も実物」／詩集『君が前の彼氏としたキスの回数なんて俺が３日でぬいてやるぜ』角川文庫

ガキの頃　俺は
虎と話せると思とった
今も　ちょっとだけそう思とる

 詩「虎と話す。」／詩集『俺には地球が止まってみえるぜ』角川文庫

海はスゴイ

海は、ほんまスゴイで

なんでか言うたら

海は海であるという事だけで俺等にスゴイとおもわせよる

俺もあんなん目指すで。

一分後の
未来よ
もうすぐ
俺が行くで
道あけとけ

 詩「一分後の未来よ」／詩集『一分後の 未来よ もうすぐ 俺が行くで 道あけとけ』学研

俺の自信は
すべて俺製であって
他人製ではない
俺製は丈夫やど
オマエラの使とる他人製とちごて
壊れへん
俺製やからな

 詩「俺製《おれせい》」／詩集『生きて百年ぐらいなら うぬぼれつづけて生きたるぜ』角川文庫

立っとるだけでも凄《すご》い奴《やつ》はスゴイ
羽などいらんで
俺は凄いから

 詩「羽などいらん」／詩集『俺様は約束してない事を守ったりする。』角川文庫

 詩「できるぜ」／詩集『俺様は約束してない事を守ったりする。』角川文庫

楽しいだけではやらんし
おもろいだけでもやらん
うれしくなくてはね

詩「タイトル」／詩集『君が前の彼氏としたキスの回数なんて俺が３日でぬいてやるぜ』角川文庫

そのためなら
他の意を切る。
そのためになら
他の意を切る。
それほどのことを
たいせつというのだ。

 詩「他意切《たいせつ》」／詩集『俺は俺の実物である事の誇りを持って生きている』G.B.

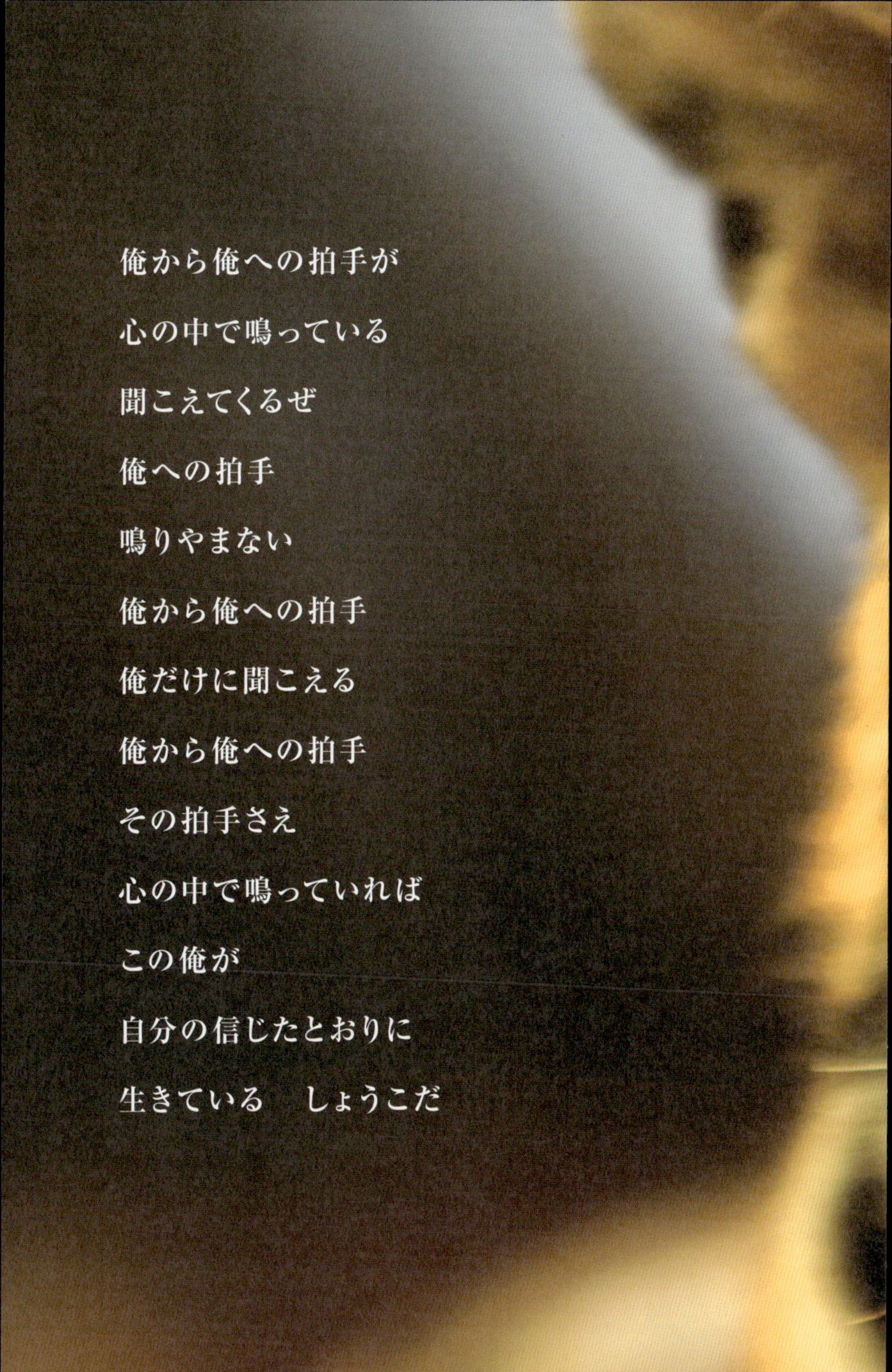

俺から俺への拍手が
心の中で鳴っている
聞こえてくるぜ
俺への拍手
鳴りやまない
俺から俺への拍手
俺だけに聞こえる
俺から俺への拍手
その拍手さえ
心の中で鳴っていれば
この俺が
自分の信じたとおりに
生きている　しょうこだ

 詩「俺から俺への拍手」／詩集『こども用三代目魚武濱田成夫詩集 ZK』学研

かしこくなれって？
縁起でもない

俺《オレ》ミファソラシドー
ドシラソファミ俺《オレ》ー
俺《オレ》シラソファミレドー
俺《オレ》シラソファミ俺《オレ》ー

 詩「俺王 01」※抜粋／詩集『こども用三代目魚武濱田成夫詩集 ZK』学研

 詩「花束」／詩集『君が前の彼氏としたキスの回数なんて俺が３日でぬいてやるぜ』角川文庫

たとえ
空が　どすぐもりでも
ええように
いつも自分で晴れとけ
空にたよるな
空は空

 詩「空にたよるな」／詩集『生きて百年ぐらいなら うぬぼれつづけて生きたるぜ』角川文庫

我を忘れて俺に生きる。
俺に生きる俺
我は忘れた。

215 詩「俺に生きる。我は忘れた。」／詩集『俺は俺の実物である事の誇りを持って生きている』G.B.

この世は何かと聞かれたら
「この世は俺。」と
俺は答える
あの世は何かと聞かれたら
「あの世も俺。」と
俺は答える
俺とは何かと聞かれたら
「俺こそが俺や。」と
俺は答える

 詩「答」／詩集『生きて百年ぐらいなら うぬぼれつづけて生きたるぜ』角川文庫

俺こそが俺で
俺以外は
俺じゃねえ
俺こそが俺。

 詩「俺こそが俺（偉大なる四行）」／詩集『生きて百年ぐらいなら うぬぼれつづけて生きたるぜ』角川文庫

うれしくなるぜ俺様は
はじまりつづけて生きている。

 詩「はじまりつづけて生きている」／詩集『俺の靴は船になった』双葉社

 詩「俺の出」／詩集『俺様は約束してない事を守ったりする。』角川文庫

むかし　むかし　あるところに
100に負けない　たったの1がいました
100は何回たたかっても
たったの1に勝てないので
もっと強いやつをつれてきて
ぜったいにおまえを泣かしてやるといって
今度は1000をつれてきました
1000は、じしんまんまんにいいました
「おい1、おまえ　たったの1のぶんざいで
100に勝ったというが、この1000様に勝てると思うのか?
たいしたどきょうだが泣かしてやるぞ。」
そういって　たったの1に　おそいかかりました
けれど、こてんぱんにやられたのは
1000のほうだったのです。
1000は、いいました
「1よ…おまえは、ほんとに1なのか?　たったの1で　たったの
1のぶんざいで、なぜ　この1000様より強いのだ…なぜだ?」
すると、たったの1は、こういったのです。
「たったの1は、ほんとの1だからだよ」

三代目魚武濱田成夫

「自分を誉め讃える作品」しかつくらない詩人。1963年、西宮市生まれ。詩集に『俺様は約束してない事を守ったりする。』、『君が前の彼氏としたキスの回数なんて俺が3日でぬいてやるぜ』、『世界が終わっても気にすんな俺の店はあいている』、『駅の名前を全部言えるようなガキにだけは死んでもなりたくない』、『俺には地球が止まってみえるぜ』、『生きて百年ぐらいなら うぬぼれつづけて生きたるぜ』、『おまえがこの世に5人いたとしても5人ともこの俺様の女にしてみせる』(以上 角川文庫)。『二万千百九十一俺』(メディアート出版)。オールタイムベスト詩集『たとえ空が どすぐもりでも ええように いつも自分で晴れとけ 空にたよるな 空は空』『俺は君の乳首を世界一やさしく噛むために東京へ来た』(NORTH VILLAGE)。『こども用三代目魚武濱田成夫詩集ZK』(学研)。『一分後の 未来よ もうすぐ 俺が行くで 道あけとけ』(学研)。絵本詩集に『三代目魚武濱田成夫の絵本』(角川文庫)などがある。自伝に『自由になあれ』(角川文庫)。絵本シリーズ『こころのなかのビルのお話』、『いのちのえんそうのお話』、『うみとおれのお話』以上(LD&K BOOKS)がある。書の作品集に『SINGLE CUT』(BYBLOS)、アート作品集に『詩人三代目魚武濱田成夫の形見』(G.B.刊)などがある。

また、映像集には、詩の朗読ライブDVD『詩人三代目魚武濱田成夫POETRYREADING LIVE BOOTLEG BOX SET』(PONY CANYON)。CD音源には、詩の朗読2枚組CDボックスアルバム『詩人三代目魚武濱田成夫／コンプリートBOX』(EMI Music Japan／ユニバーサルミュージック)、『詩人 三代目魚武濱田成夫／ネイキッド』(EMI Music Japan／ユニバーサルミュージック)、『詩人 三代目魚武濱田成夫／アンセムズ』(EMI Music Japan／ユニバーサルミュージック)。

歌CDには『三代目魚武濱田成夫』、『続・三代目魚武濱田成夫』、『歌・三代目魚武濱田成夫』、『三代目魚武濱田成夫・歌ベスト』(PONY CANYON)。『BAND俺屋』名義での、CDアルバム『生きていく上で人間に必要な物は努力じゃねえぞロックだ。』(LD&K)、『あんな大人になりたくねえと言って奴等が、あんな大人ちゃん。』(LD&K)などがある。

そして2017年3月には、最新詩集『俺は俺の実物である事の誇りを持って生きている』(G.B.刊)が出版予定である。

http://www.sandaimeuotakehamadashigeo.com

撮影　花田裕次郎

俺は今日も好きなように生きてみる

2016年8月29日　初版発行

著　三代目魚武濱田成夫

編集　滝本洋平
デザイン　大津祐子

印刷・製本　株式会社 光邦
発行者　高橋歩

発行・発売　株式会社 A-Works
東京都世田谷区玉川 3-38-4 玉川グランドハイツ 101　〒158-0094
URL : http://www.a-works.gr.jp/　E-MAIL : info@a-works.gr.jp

営業　株式会社サンクチュアリ・パブリッシング
東京都渋谷区千駄ヶ谷 2-38-1　〒151-0051
TEL : 03-5775-5192　FAX : 03-5775-5193

ISBN978-4-902256-74-1

PRINTED IN JAPAN
乱丁、落丁本は送料小社負担にてお取り替えいたします。

日本音楽著作権協会（出）許諾第 1609476-601 号

Photo : ©iStockphoto.com
LukeWaitPhotography, Patrick Gijsbers, dickysingh, Robert Kovacs, Jeff Goulden, Derek Dammann, HEMANTSH, JourneysInColor, mrisv, Casarsa, Himagine, Craig Dingle, Benjiecce, MarkMalkinsonPhotography, &#169 Stephen Meese, ImpaKPro, USO, photos_martYmage, sbf347, dangdumrong, konmesa, ElementalImaging, sanjdar, Guenter Guni, Andyworks, wrangel, Dirk Freder, LMPphotography, agcsolutions, eROMAZe, dptro, Felix Thiang, Mark Kostich, Damocless, Cristie Guevara, jjustas, Andy Gehrig, polpich, sabirmallick, jonpanoff, MikeLane45, GreenReynolds, Zoran Kolundzija, subinpumsom, Redmich, Jeff McGraw, ktacha, jodie777, chairedevil, IsakHallbergPhoto, Josef Friedhuber, jasantiso, Wolfgang Steiner, MikeSleigh, KSwinicki, mason01, kokleong tan, Xurzon, iSpi-Photography, jim kruger, Peter Burnett, amanwilson, &#169 Andrea Leone, Tatami_Skanks, sandf320, Roberto A Sanchez, stefanoborsani, Ricardo Reitmeyer, kksteven, Nick Biemans, ptaxa, xijian, ProjectB, Anna Kucherova, Денис Циомашко, Tammy Fullum, Anan Kaewkhammul, stuart berman, Peerajit, Volodymyr Burdiak, JaysonPhotography, davidevison, stanzi11, Ravi Tahilramani, beerphotographer, THEERADECH SANIN, Andrey Kravchenko

※掲載している詩の題名は、各ページの左下に記載してあります。